POLAR
极线杀手

POLAR
极线杀手
以眼还眼

[西] 维克托·桑托斯 著　徐淼 译

新星出版社　NEW STAR PRESS

Polar: Eye for an Eye © 2013-2015, 2020 Victor Santos. Dark Horse Books® and the Dark Horse logo are registered trademarks of Dark Horse Comics, LLC, registered in various categories and countries. All rights reserved. No portion of this publication may be reproduced or transmitted, in any form or by any means, without the express written permission of Dark Horse Comics, LLC. Names, characters, places, and incidents featured in this publication either are the product of the author's imagination or are used fictitiously. Any resemblance to actual persons (living or dead), events, institutions, or locales, without satiric intent, is coincidental.

Simplified Chinese edition published in 2020 by New Star Press Co., Ltd.

图书在版编目（CIP）数据

极线杀手. 以眼还眼 /（西）维克托·桑托斯著；徐淼译. ——北京：
新星出版社，2020.8
ISBN 978-7-5133-4046-5

Ⅰ. ①极… Ⅱ. ①维… ②徐… Ⅲ. ①长篇小说-西班牙-现代
Ⅳ. ① I551.45

中国版本图书馆 CIP 数据核字 (2020) 第 073415 号

黑马漫画创始人：Mike Richardson
初 版 编 辑：Jim Gibbons
大中华区总经理：蔡 超

幻象文库

极线杀手．以眼还眼

[西] 维克托·桑托斯 著　徐淼 译

出版策划：贾 骥　宋 凯
出版监制：张泰亚
责任编辑：杨 猛
特约编辑：朱佩琪
责任印制：李珊珊
装帧设计：张 慧　张恺珈

出版发行：新星出版社
出 版 人：马汝军
社　　址：北京市西城区车公庄大街丙3号楼　100044
网　　址：www.newstarpress.com
电　　话：010-88310888
传　　真：010-65270449
法律顾问：北京市岳成律师事务所

读者服务：010-88310811　　service@newstarpress.com
邮购地址：北京市西城区车公庄大街丙3号楼　100044

印　　刷：北京美图印务有限公司
开　　本：787mm×1092mm　1/16
印　　张：11
字　　数：35千字
版　　次：2020年8月第一版　2020年8月第一次印刷
书　　号：ISBN 978-7-5133-4046-5
定　　价：79.00元

版权专有，侵权必究；如有质量问题，请与印刷厂联系调换。

以眼还眼

三章讲述一个复仇故事

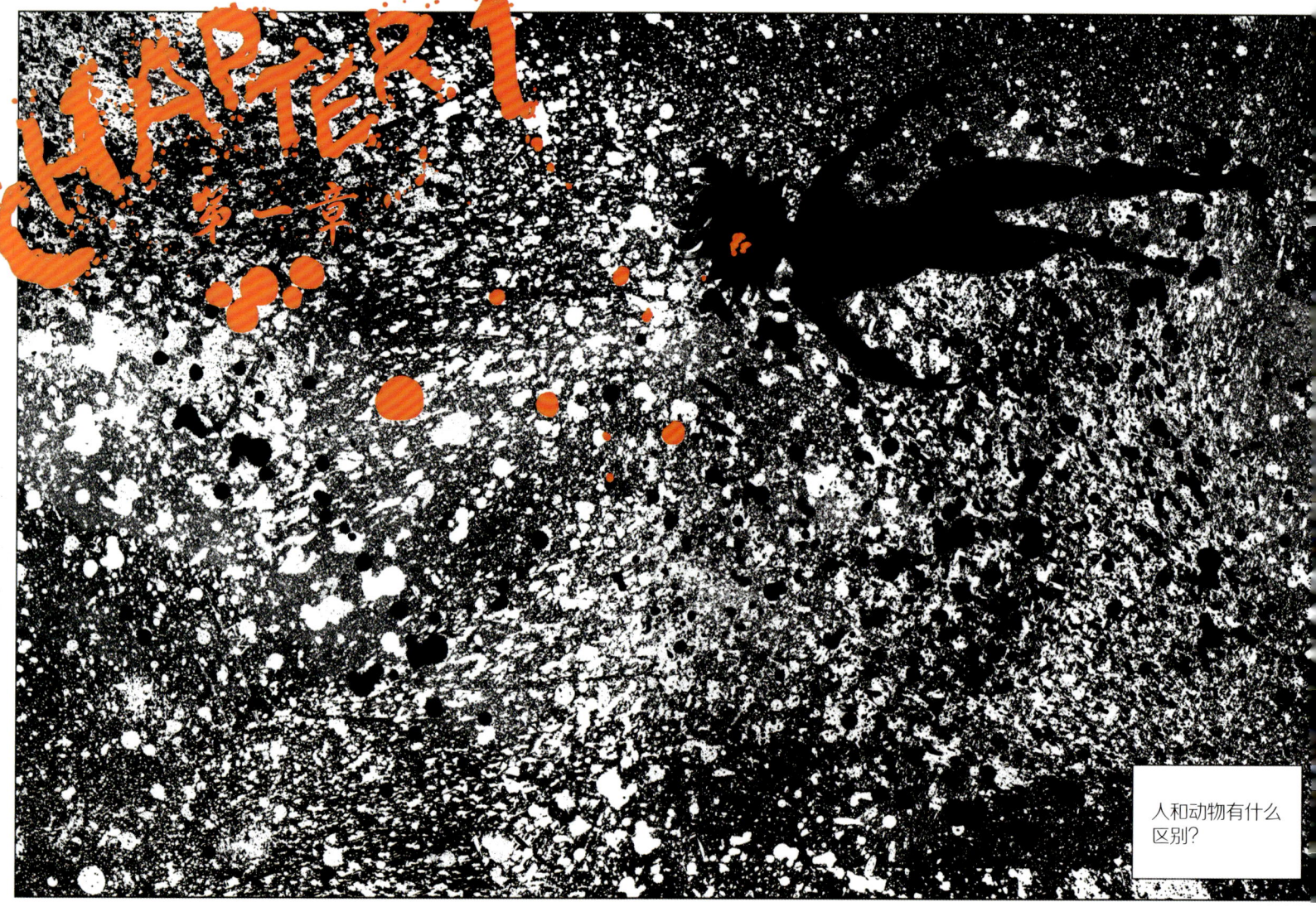

人和动物有什么区别?

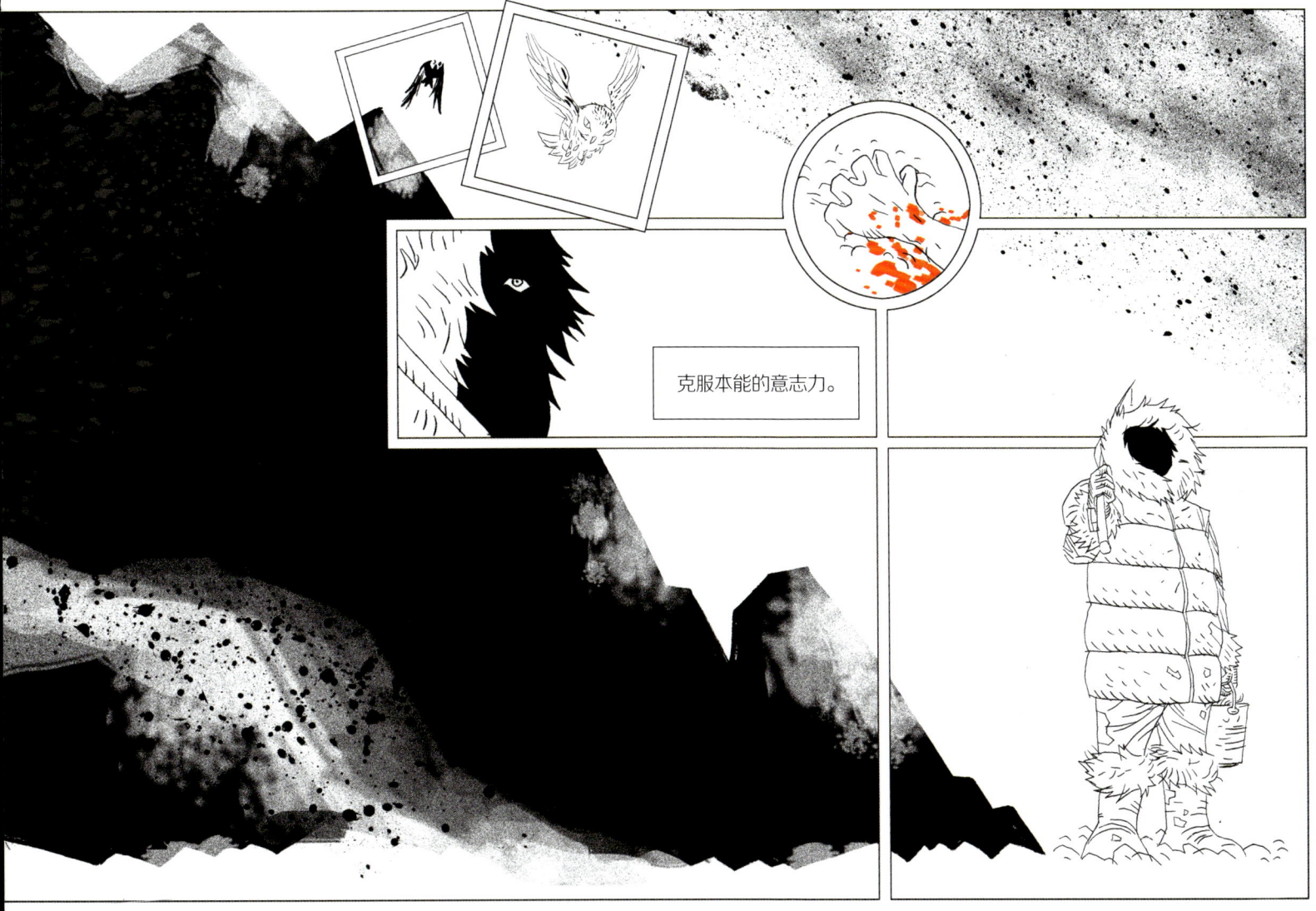

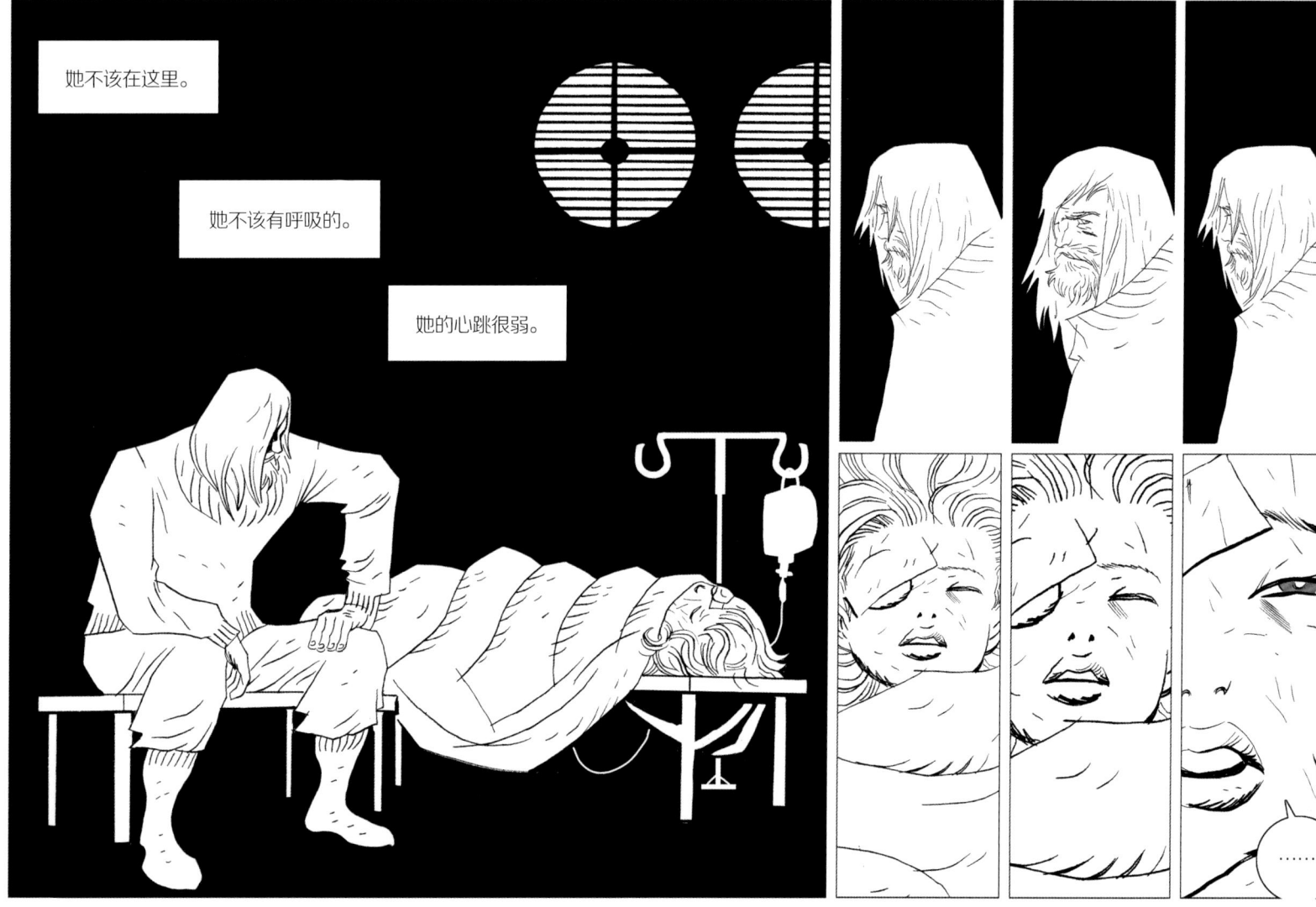

我从没想过我会当老师，但她确实有天赋。

不清楚是不是因为年纪大了，我变得软弱……或是善变。

我不知道为什么我像阎王爷一样支配别人生死。

但我会将我的本事倾囊相授。

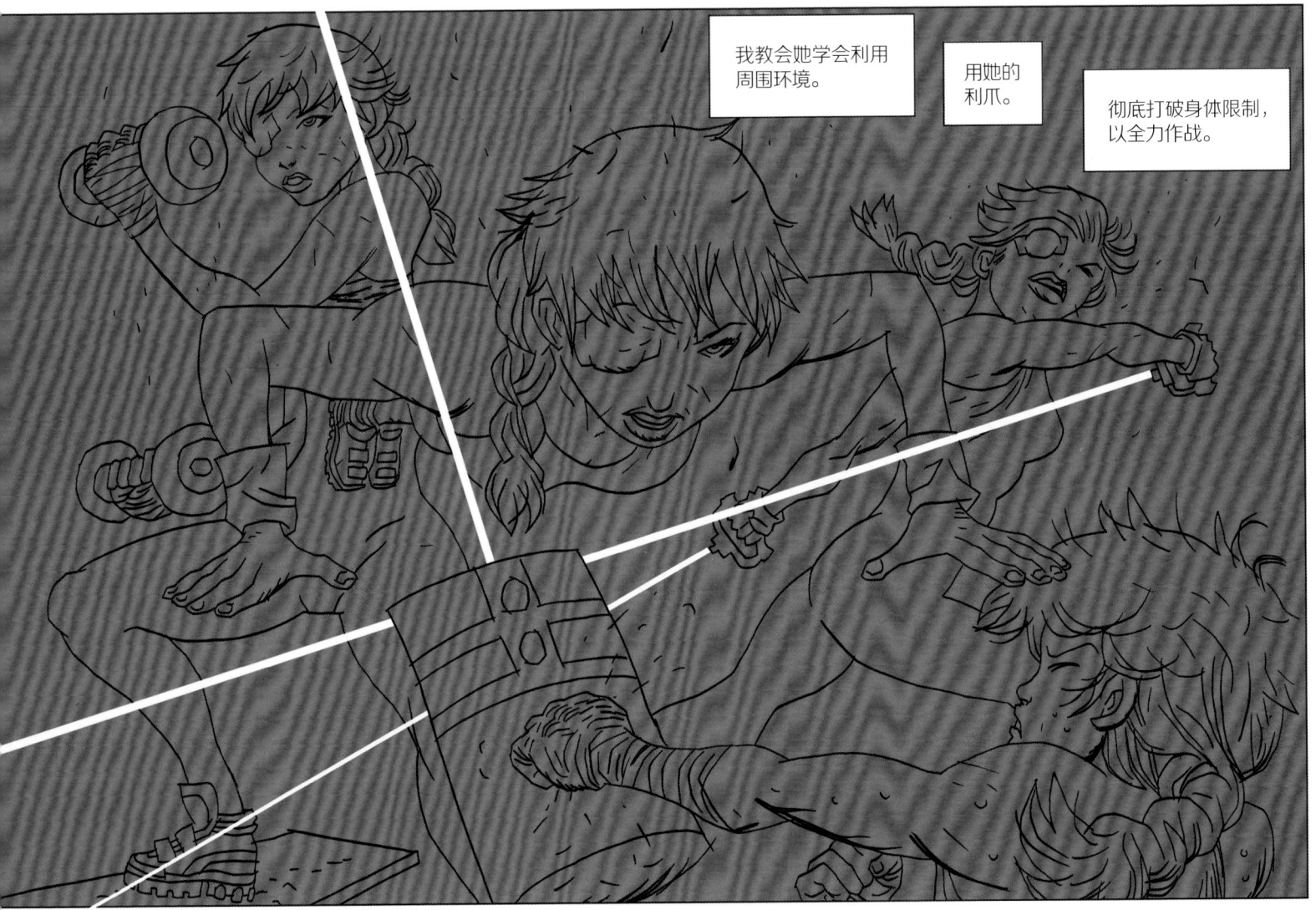

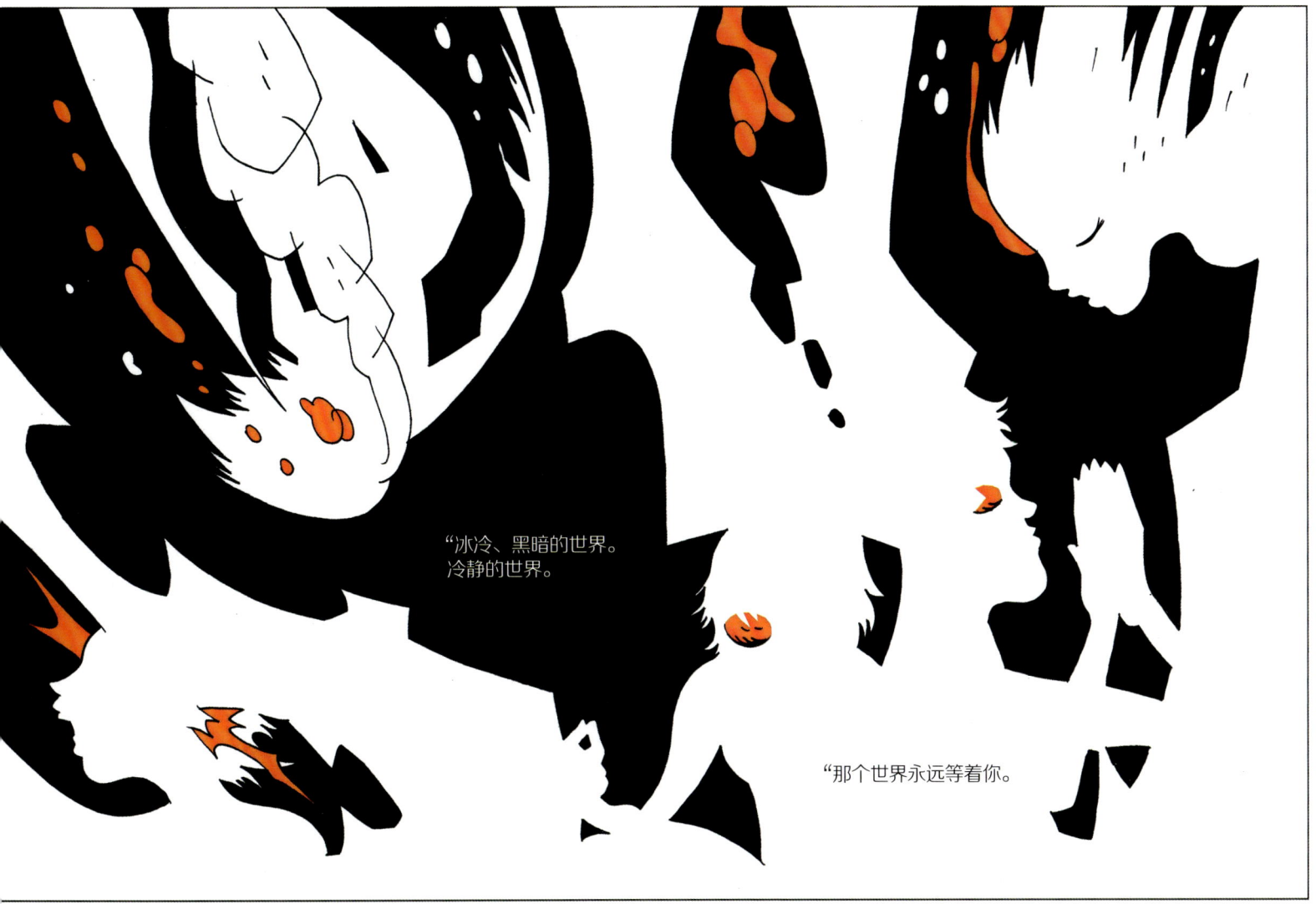

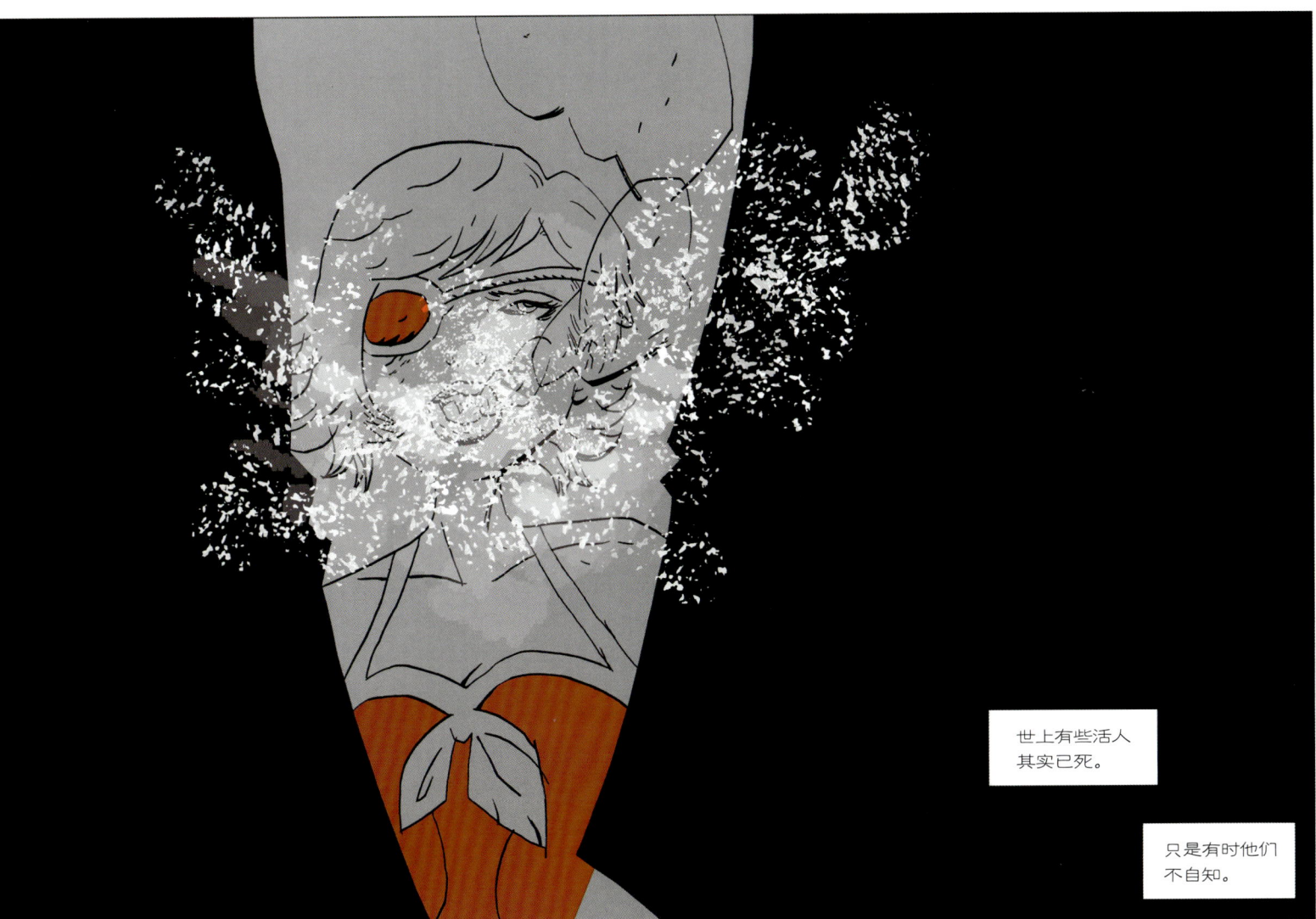

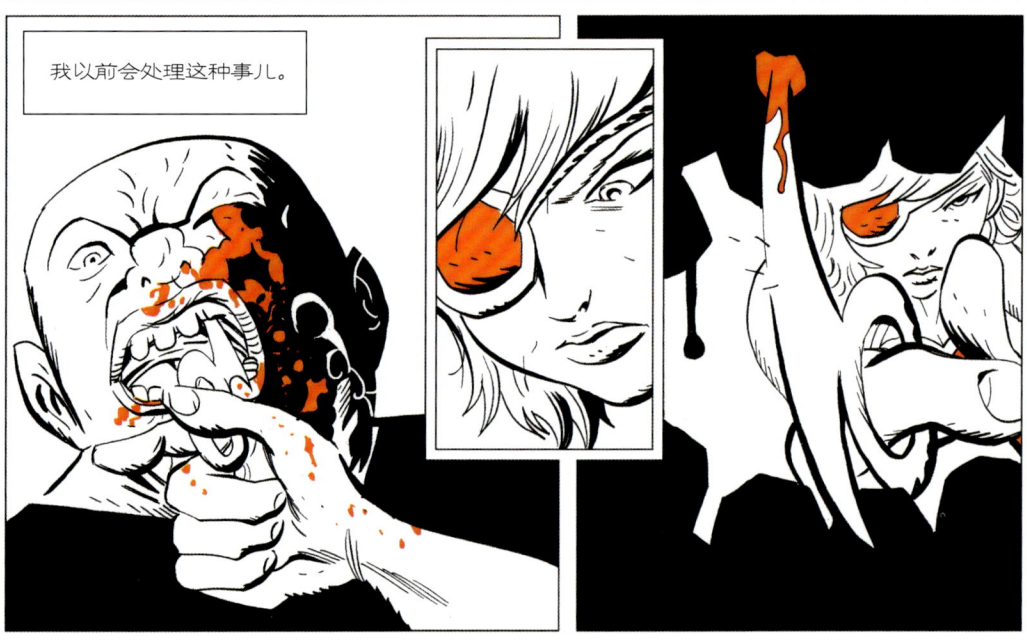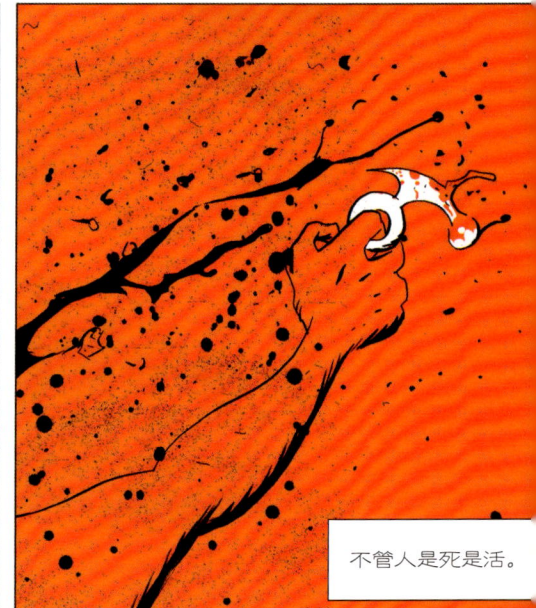

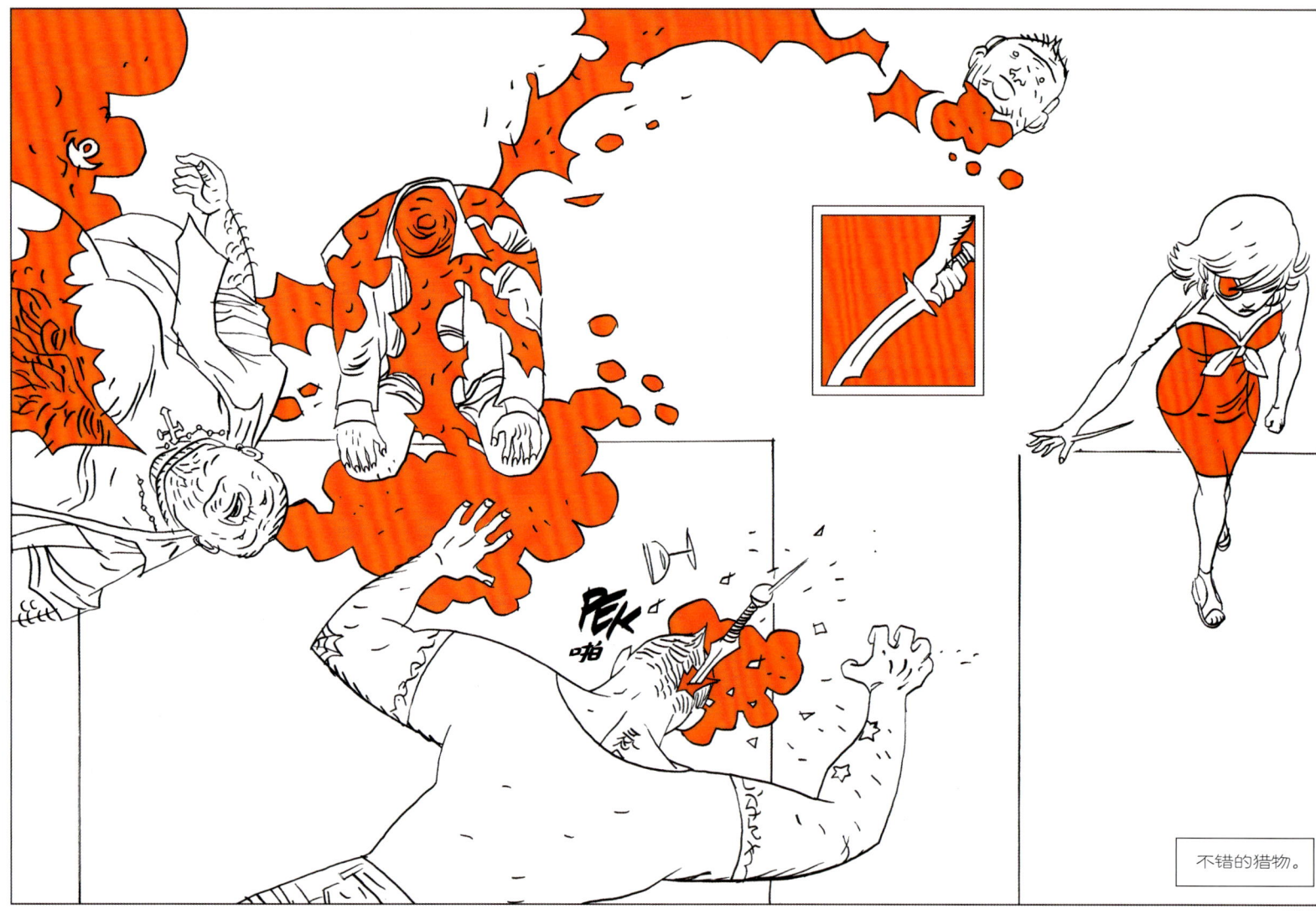

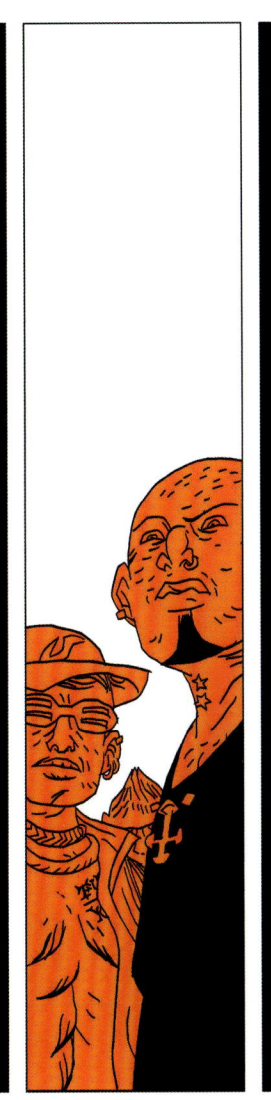

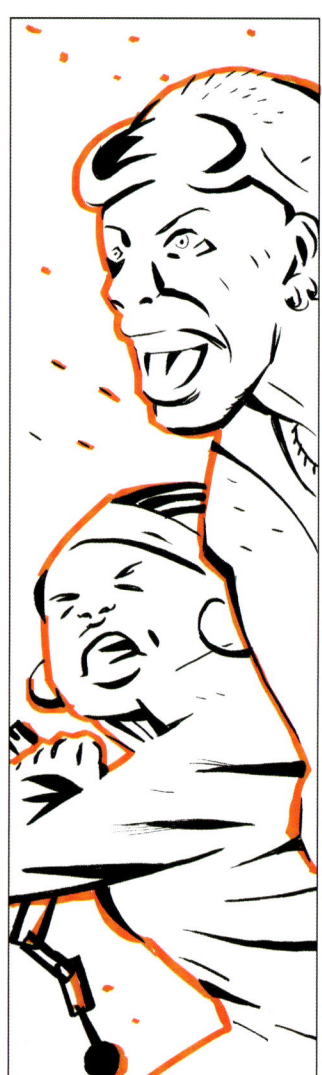

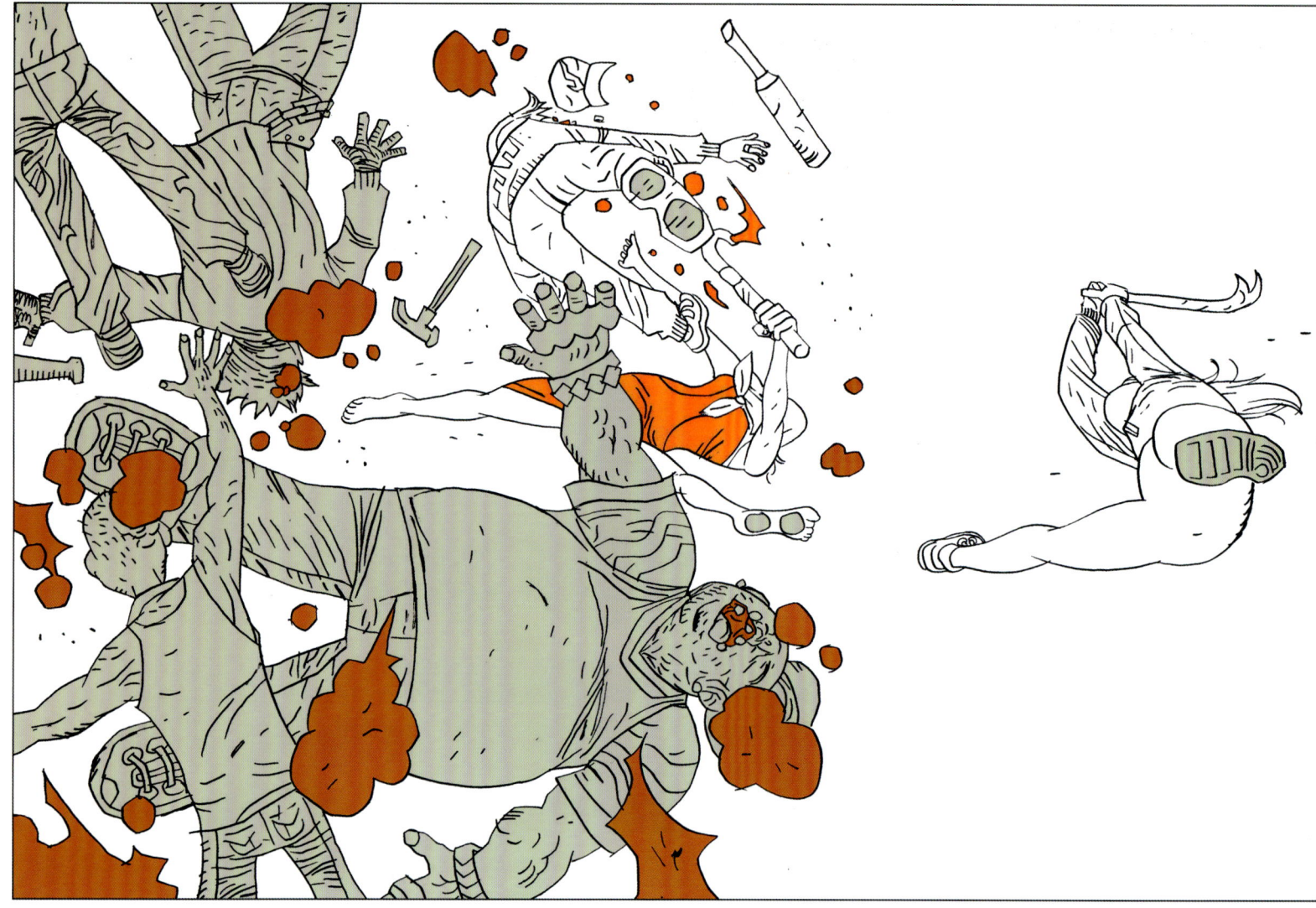

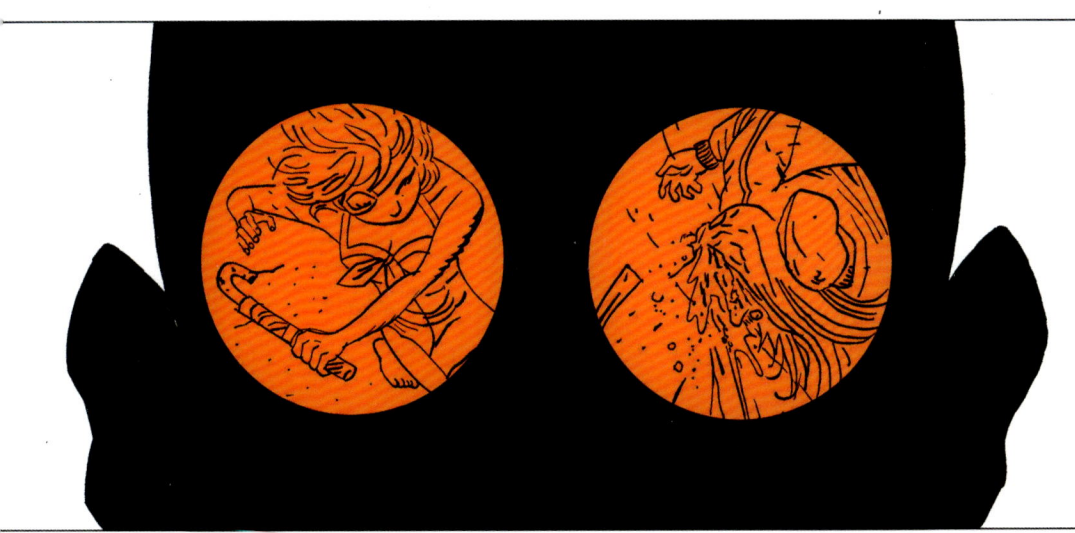

她一定让他背后一凉。

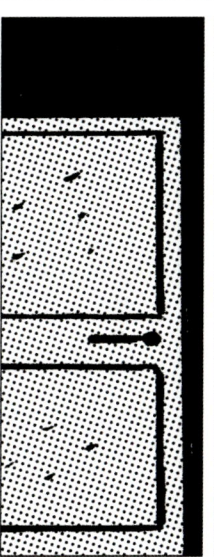

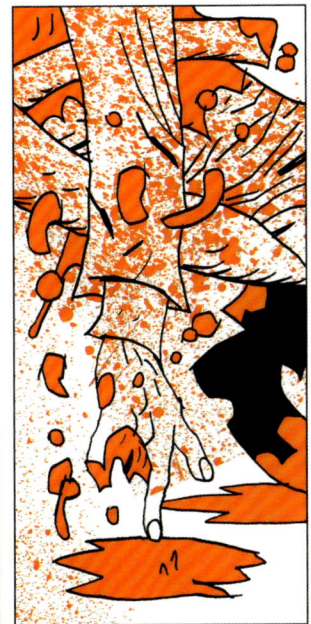

"再见，小鸟。"

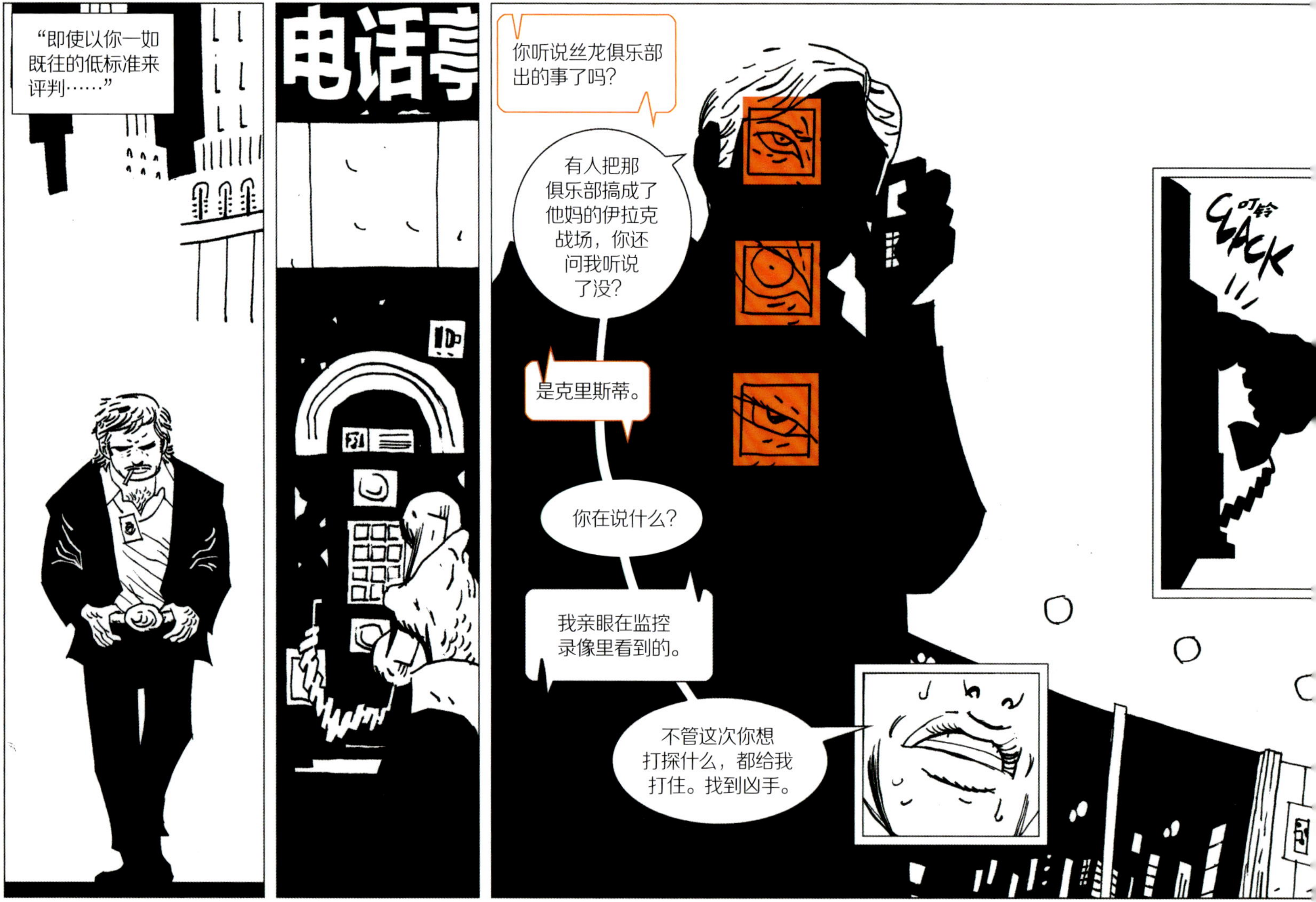

脏活累活。
就是我干的。

我贱卖了自己的灵魂
换来的这活计。

她就是为我的灵魂

而来。

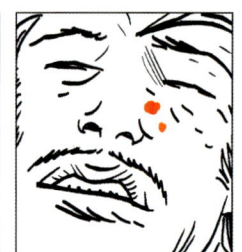

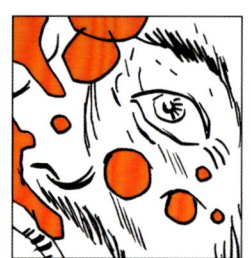

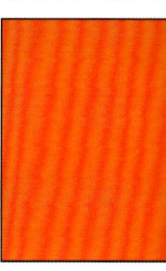

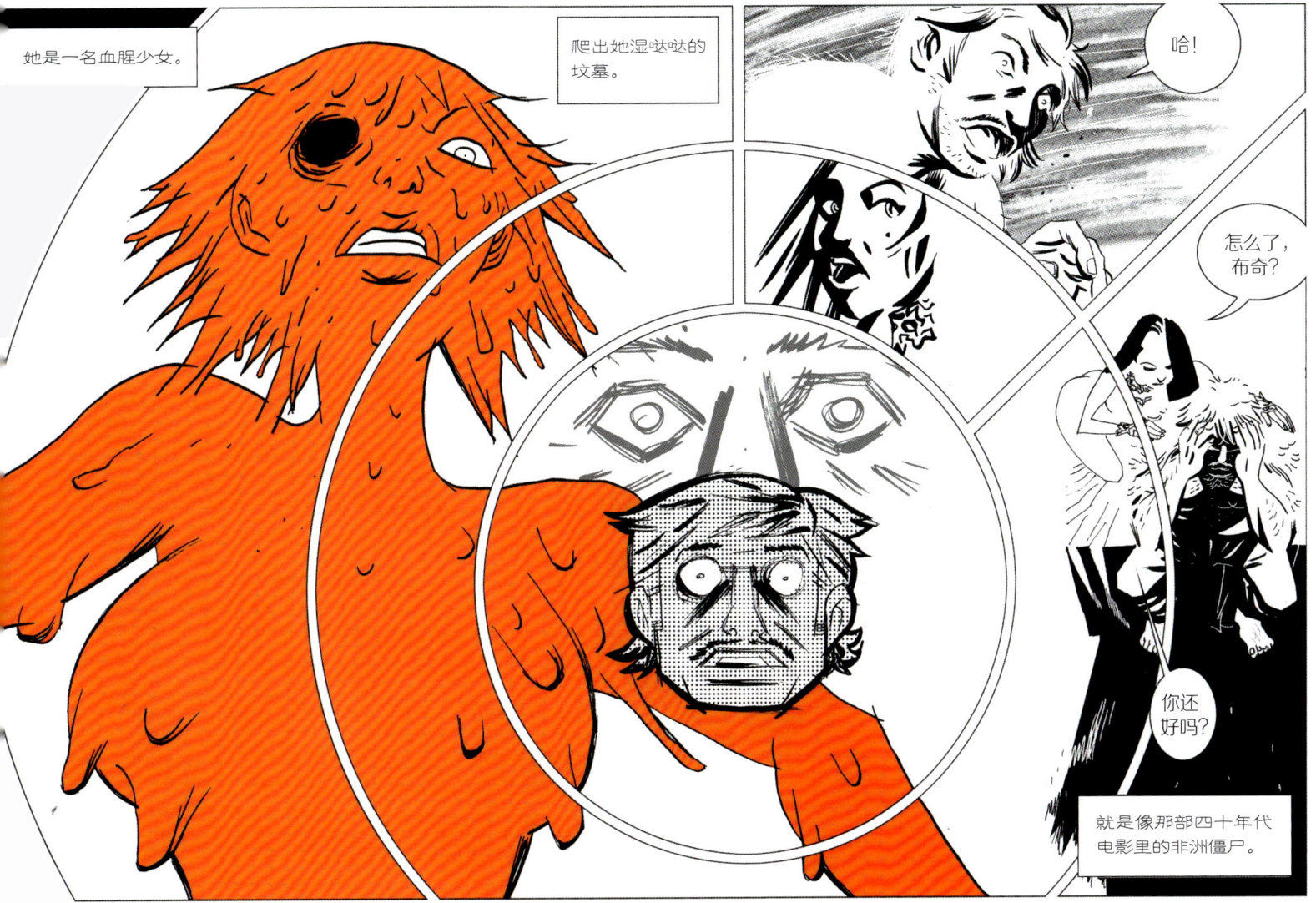

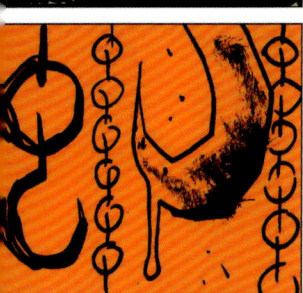

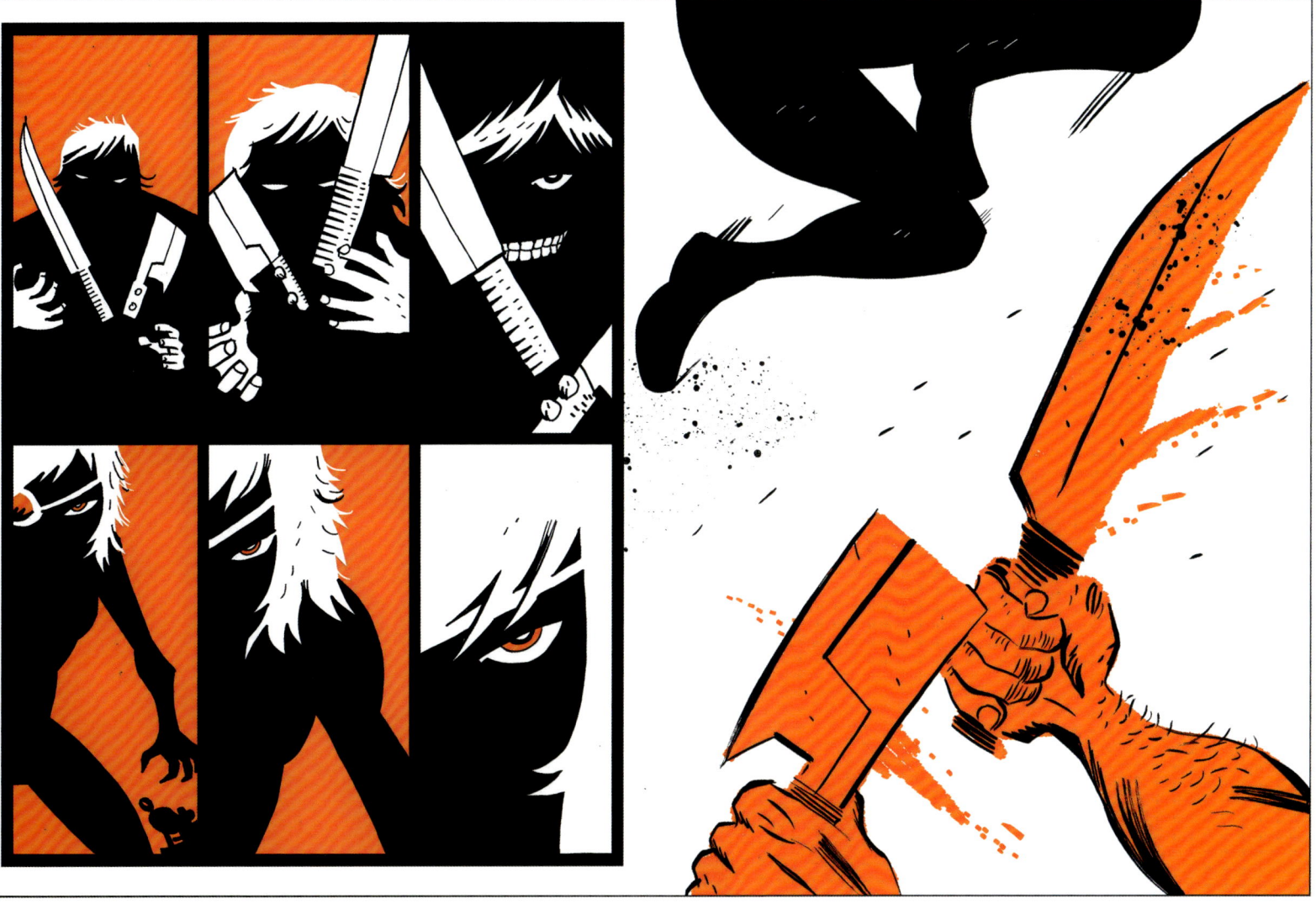

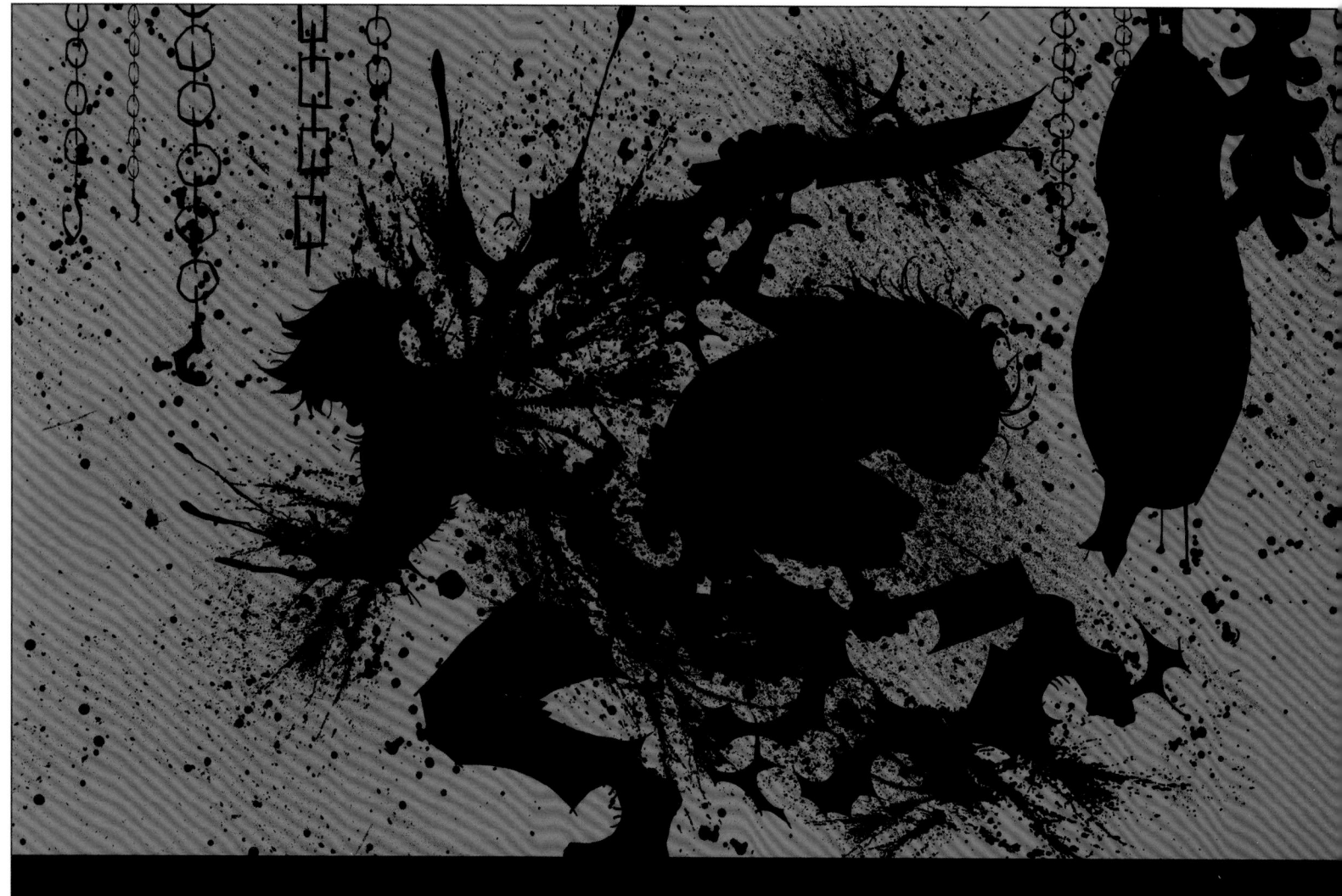

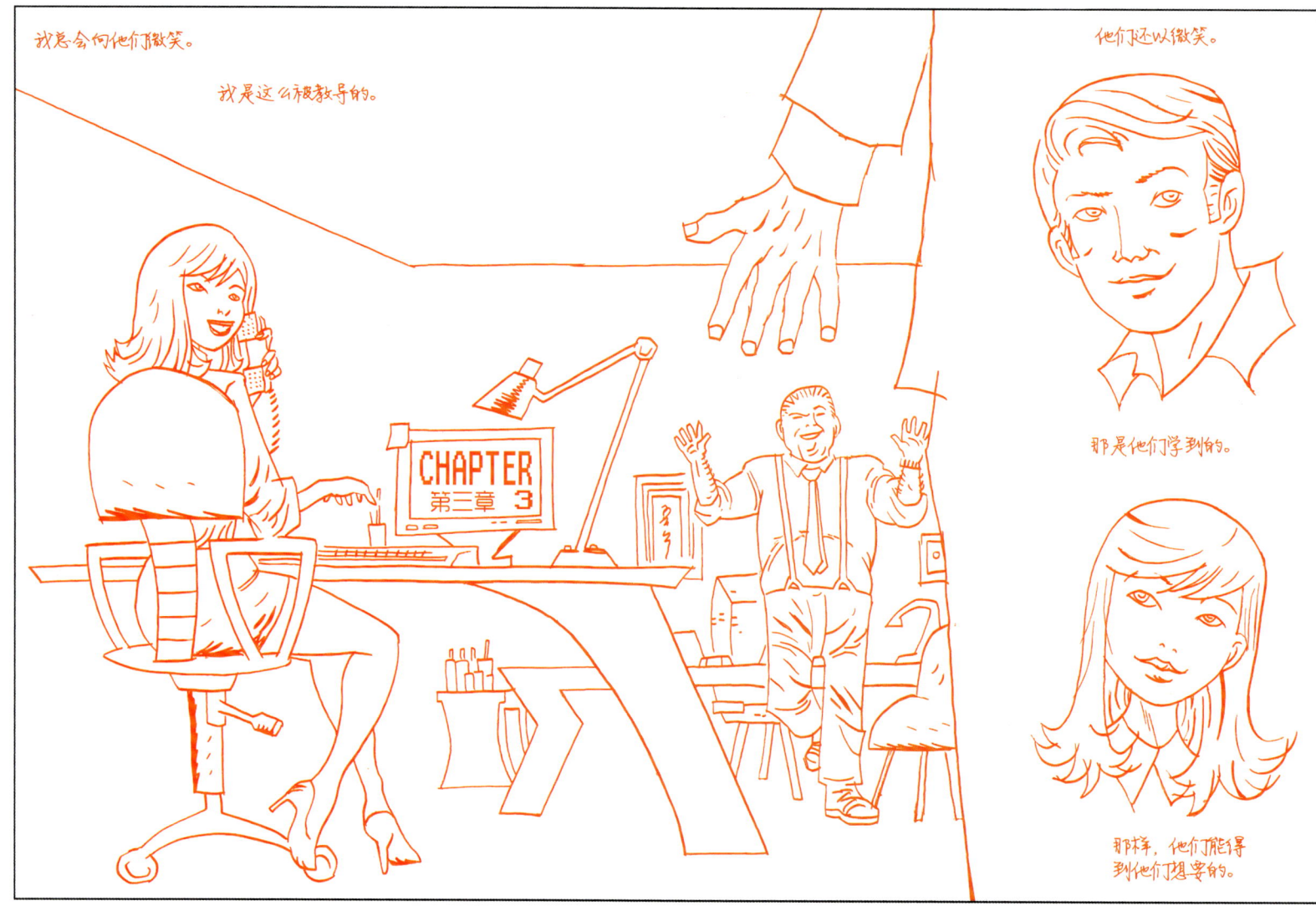

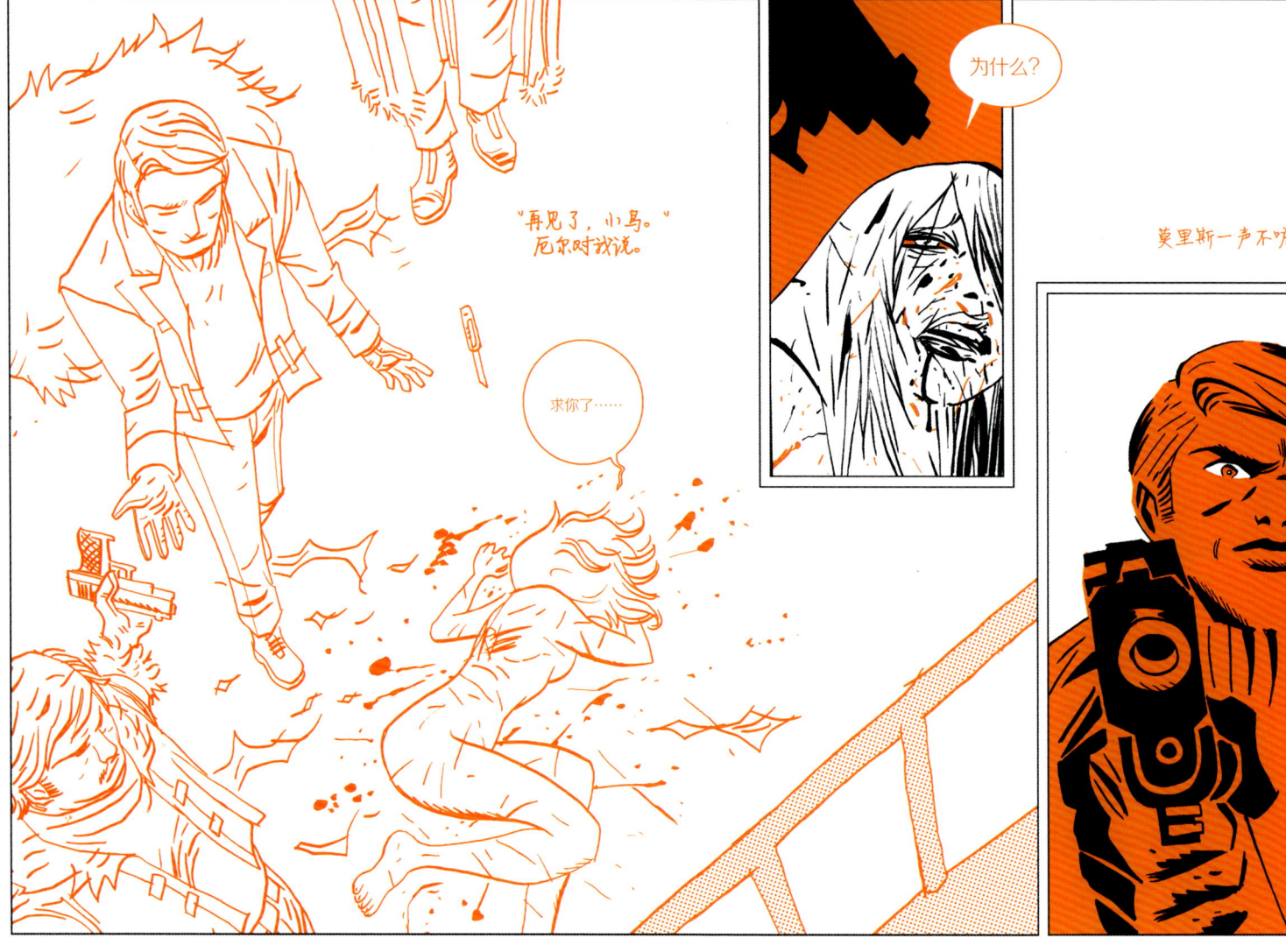

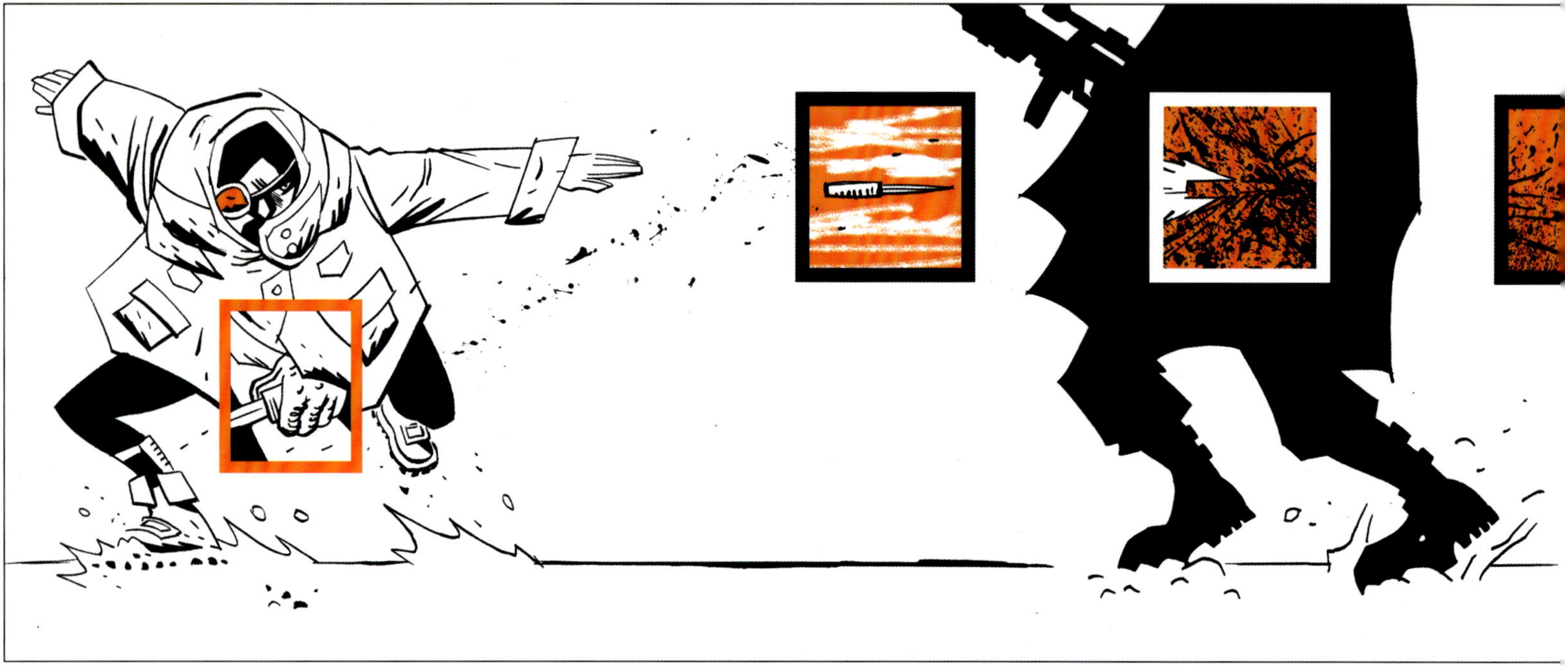

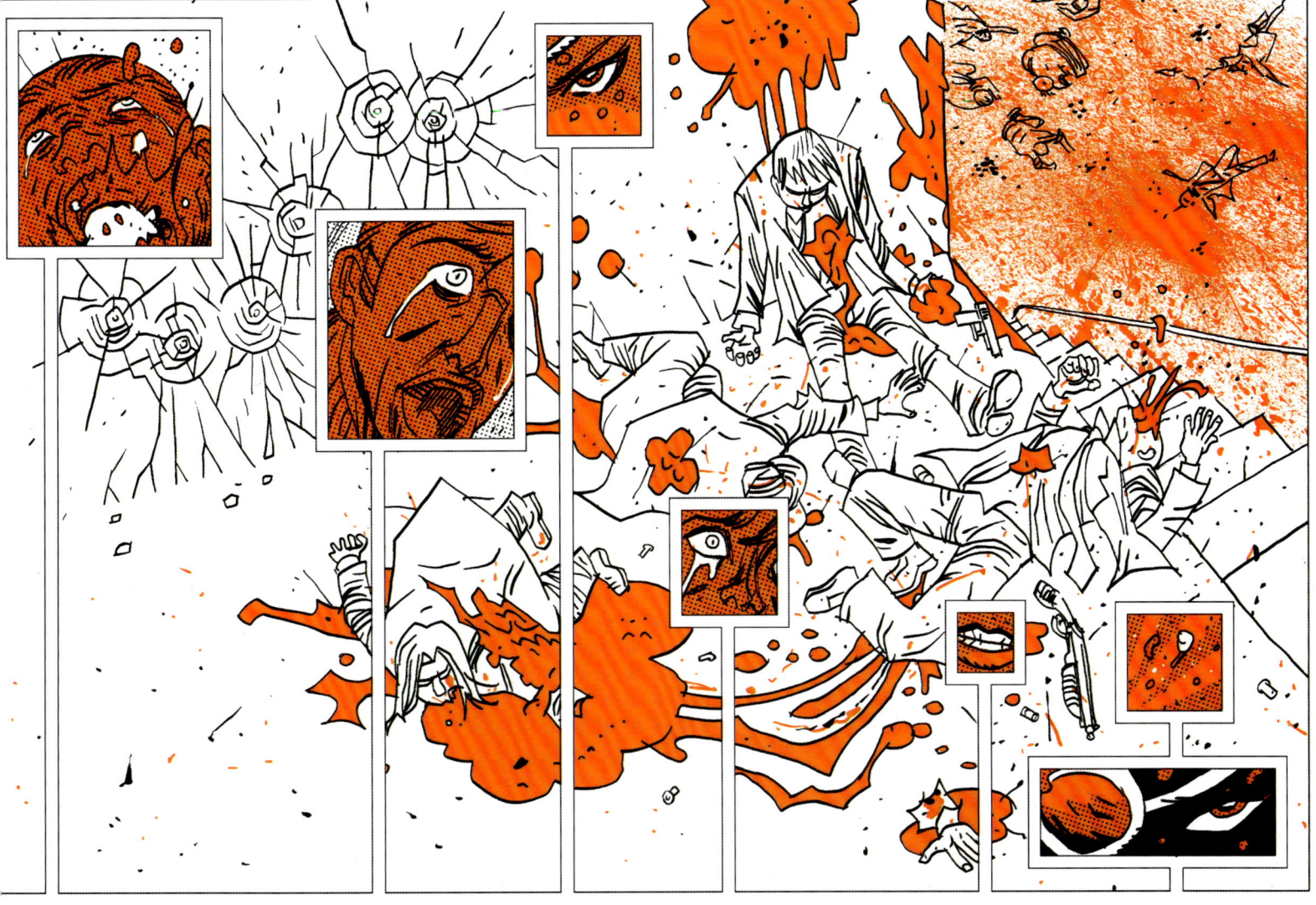

我给他了前所未有的一吻。

莫里斯什么话也没说。

AAAARGHHHH!!!
啊!!!!

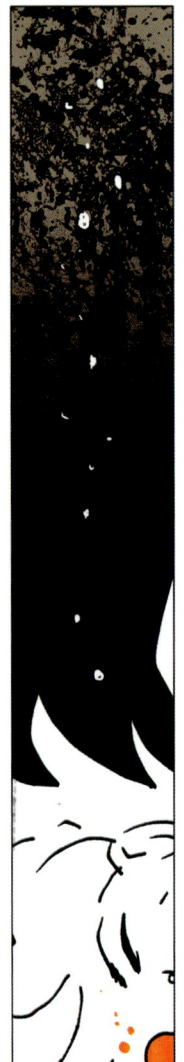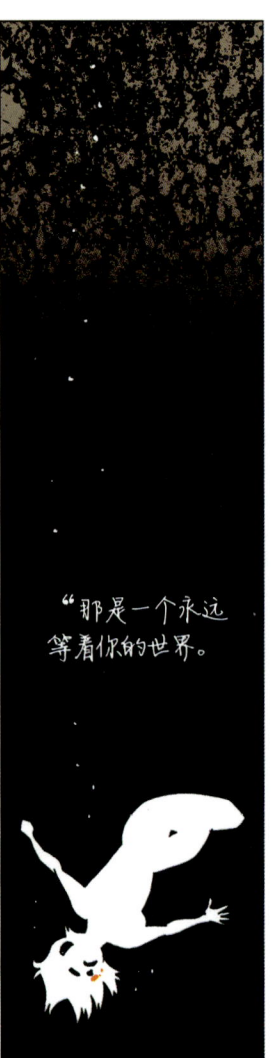

黑凯撒

众人为一
一个间谍故事

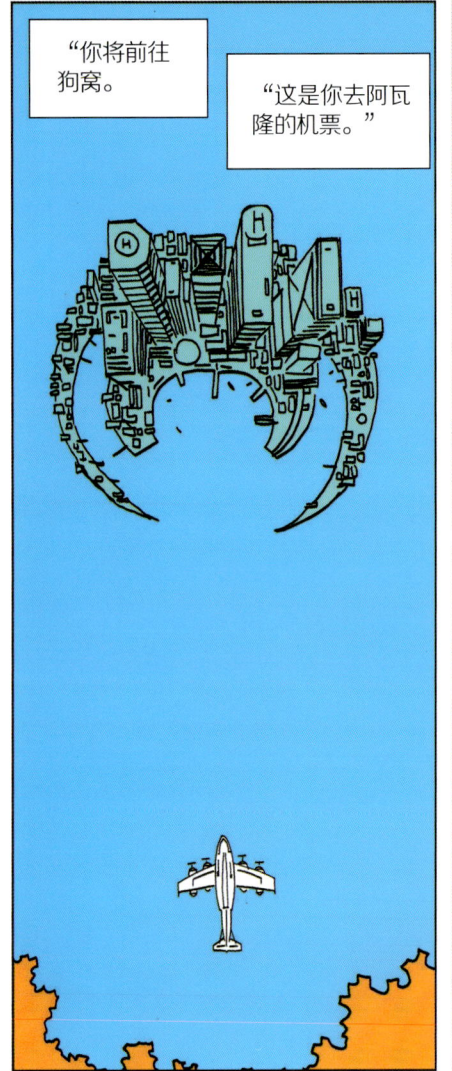

"这是一场洞穴探险。

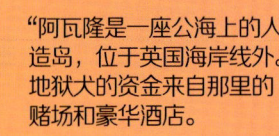

"阿瓦隆是一座公海上的人造岛,位于英国海岸线外。地狱犬的资金来自那里的赌场和豪华酒店。

"越深入,
守卫越森严。

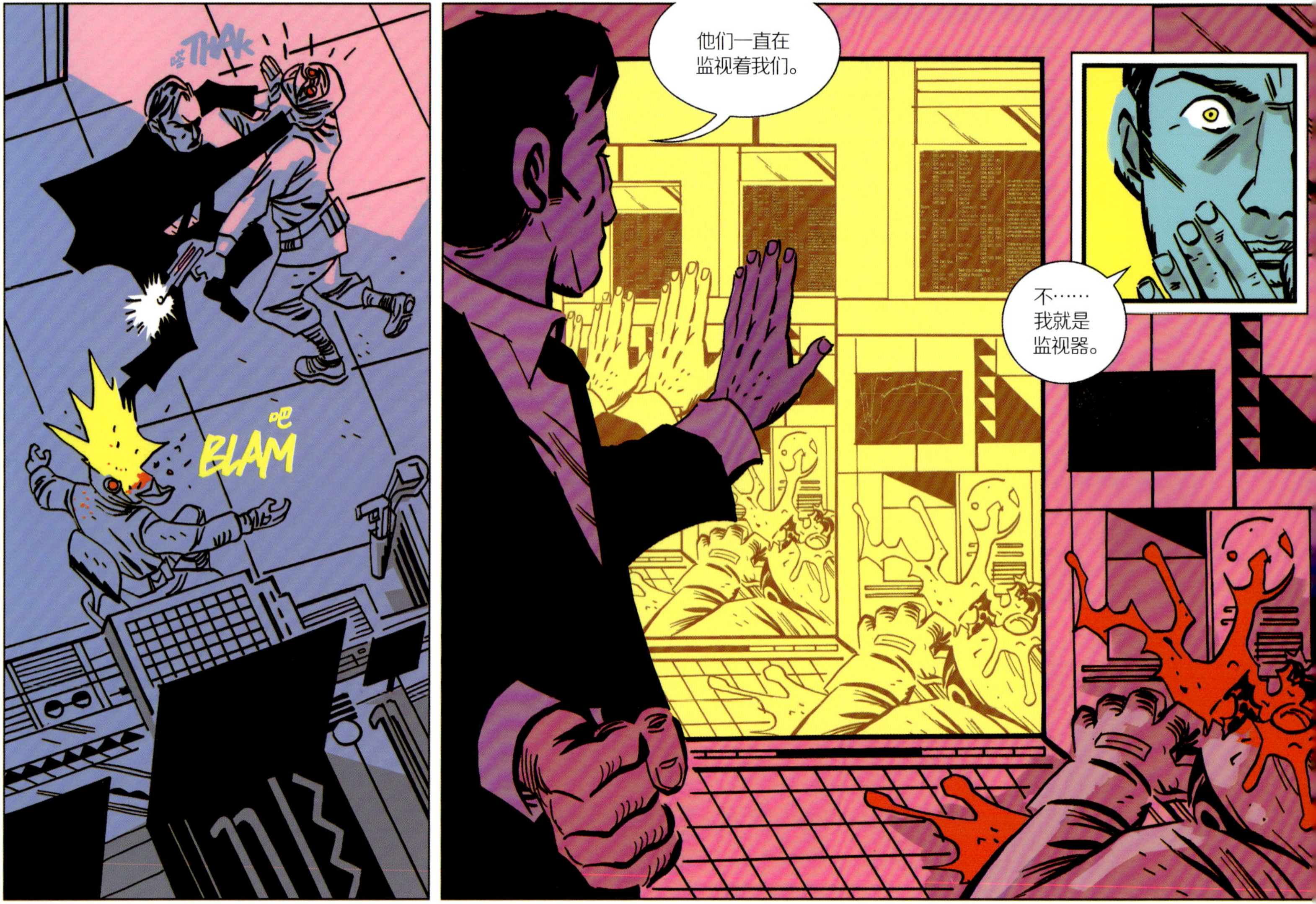

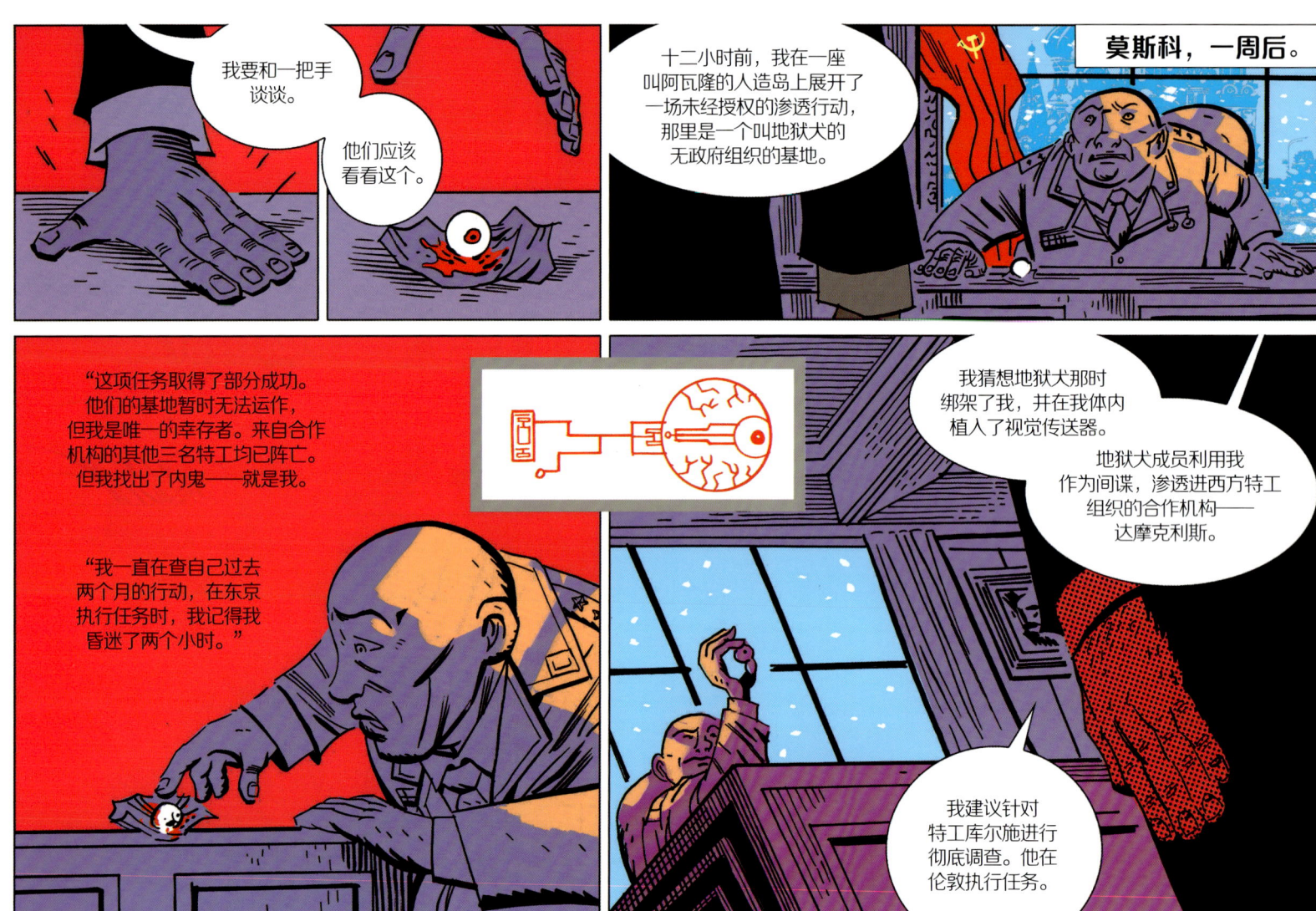

番外篇

警察

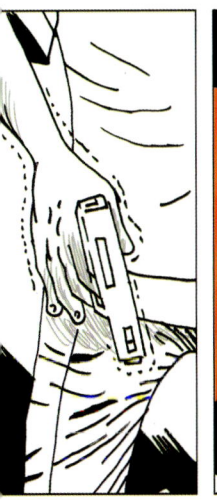

特别篇

此为作者专门为简体中文版绘制的章节

速写簿

附赠作者维克托·桑托斯的原画与速写集

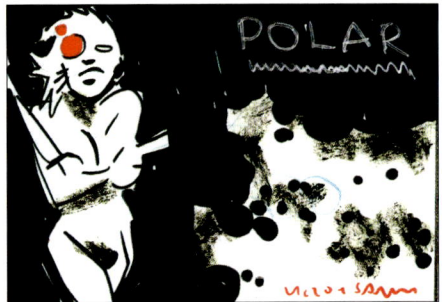

维克托为《极线杀手》的第二部创作了与第一部——《极线杀手：来自严寒》一样标志性的封面画，其刺激程度仅次于初版合集。为着重刻画出《以眼还眼》中的血腥复仇，维克托置残忍美女克里斯蒂·怀特于血红色的背景之中，与黑凯撒在第一部所处的白色背景形成了强烈对比。

此为维克托为这一部的美术设计创作的一系列额外插画,最终定稿出现在封底和初稿设计页上。克里斯蒂·怀特与黑凯撒这幅画作被用于线上推广。

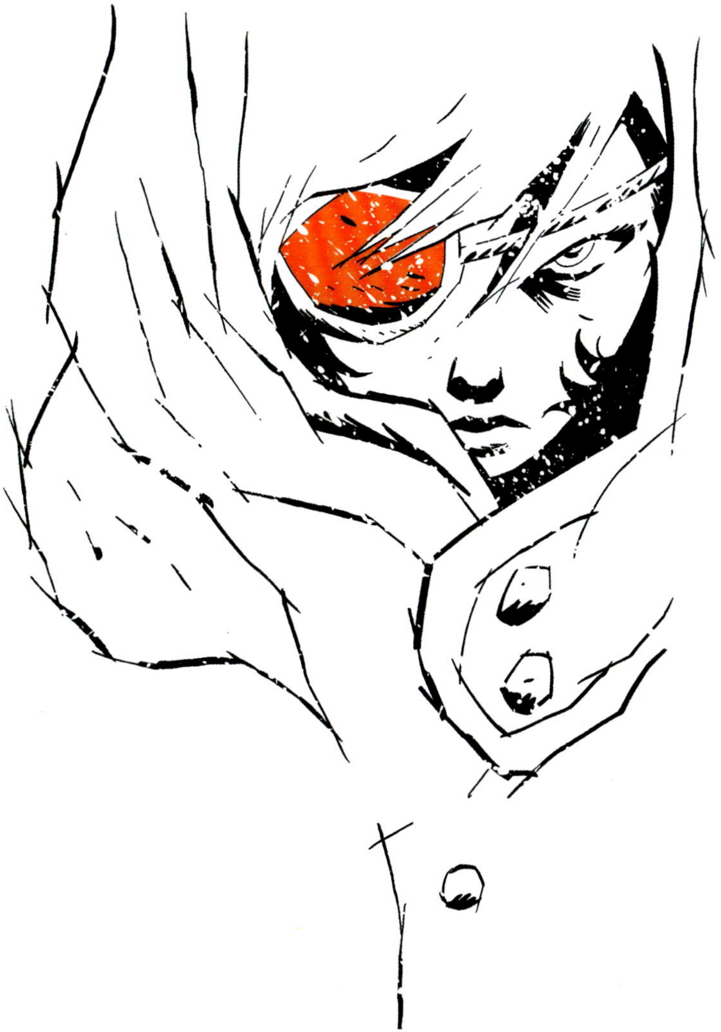

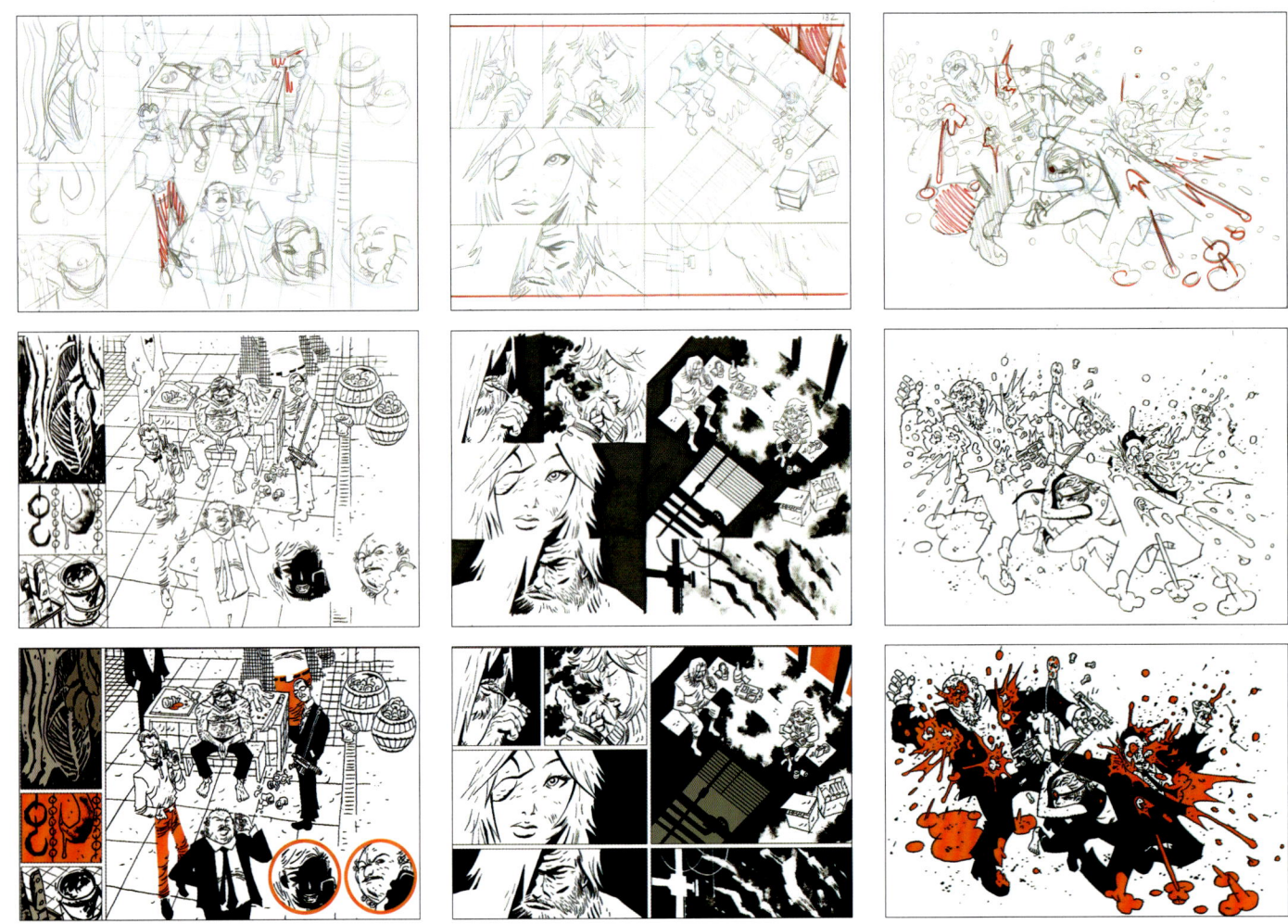

从铅笔画到着墨到最终上色,维克托在《极线杀手》里逐一呈现,他甚至还给画题字!来看看创作过程吧。

  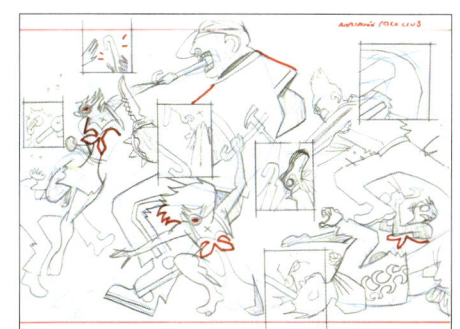

《极线杀手》将圣诞色彩运用得恰到好处。来自黑凯撒的节日问候！

作者简介

维克托·桑托斯,1977年出生于瓦伦西亚。在成为一名职业漫画家后,他在西班牙和法国出版过许多漫画作品,包括《精灵国王》《低俗英雄》《青年浪人》与《无尽:暴怒》。

桑托斯在美国也参与了大量漫画绘制工作,包括布莱恩·J.L.格拉斯和麦克·艾文·欧铭所著的奇幻史诗《圣鼠堂》,詹姆斯·帕特森的《纽约时报》畅销书《女巫与巫师》系列,还有DC出版、布莱恩·阿扎瑞罗编剧的《下流里奇》。

他的最新作品包括由Image出版、弗兰克·巴比利亚编剧的系列漫画《暴力之爱》,Simen&Schuster出版、亚历克斯·德·坎比编剧的图像小说《坏女孩》,还有桑托斯自编自绘的《罗生门》——一个发生在日本封建时期的故事,重温了芥川龙之介的经典。

他最具个人特色的作品,是系列黑色/间谍图像小说《极线杀手》,本书已被康斯坦丁影业和网飞改编成一部动作大片,由麦斯·米科尔森出演主人公黑凯撒。

桑托斯凭借其作品,已在巴塞罗那国际漫画大展收获六项大奖,在马德里漫画大展收获三项大奖。2014年,他因《极线杀手:来自严寒》获得了著名的哈维奖提名。2016年,《极线杀手》原画在巴黎Glénat美术馆成功举办展览。

桑托斯居住在西班牙的毕尔巴鄂。

VICTORSANTOSCOMICS.COM   POLARCOMIC.COM

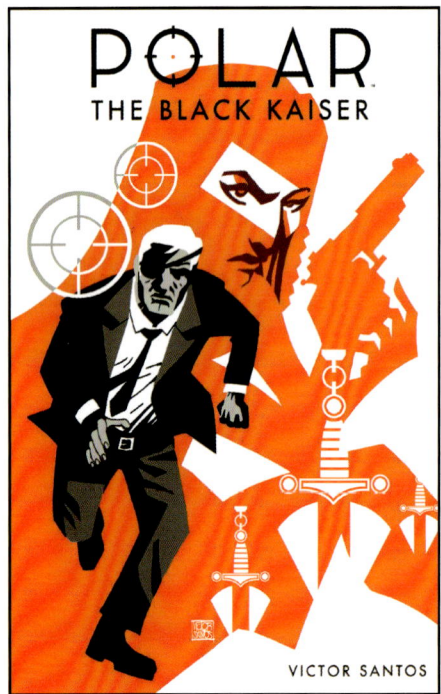
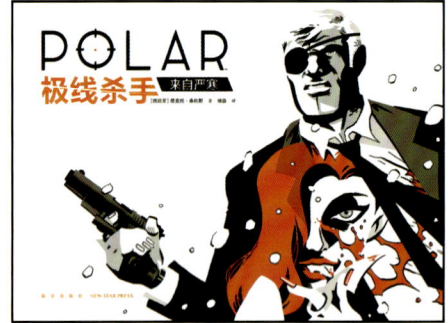
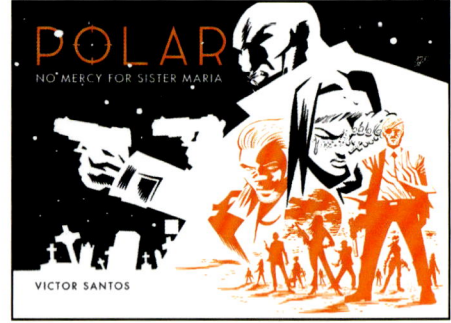
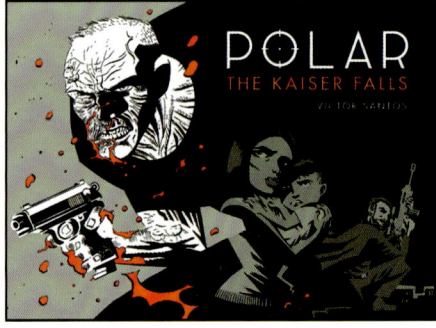